現代短歌ホメロス叢書 PART I ―― 7

金子貞雄

Kaneko Sadao

歌集

はにほへと

飯塚書店

目次

装幀　㈱ポイントライン

はにほへと

金子貞雄　歌集

命——二〇〇四

子離れは体裁《てい》良きことば親離れされてにはかに二人のたつき

二〇〇四年一月天気晴朗なれども風強く目潰しのごと砂塵舞ひあぐ

百一戦未勝利続く「ハルウララ」一所懸命また次走れ

写真屋の飾窓辺《まどべ》の吾の顔写真今日と同じネクタイをする

女人ひとり生くるに耐へ得ざりし諸諸を生きて営める小料理の店

「オレオレ」と息子が電話を掛け来しと妻つねよりも声高に言ふ

「ああ」と言ふ口の形に焼かれたる女の埴輪に呼びとめられし

意のままにせむと三十年《みそとせ》虐げし庭の松の枝《え》いまだ逆らふ

海陸《うみくが》の激しくあらそふ黄金崎　陸敗走の無惨をさらす

空と海のすき間を今しこじ開けて今日を奪ひに日は昇りくる

金糸銀糸に織りし衣装によそほへる朝明けの海小舟いだけり

伊豆の海見てゐたりしがまな娘昇り来し陽に連れ去られたり

新郎新婦が挙式にのぞむ人力車若宮大路の渋滞に遭ふ

新郎新婦乗せて緩歩《くわんぽ》の人力車外国人《とつくにびと》らも共に歩めり

つねひごろ遠く離れて住む娘嫁ぐといへど父を泣かさず

生《あ》れし日の体重模しし熊人形《ベアドール》何も言はずに胸に抱かさる

嫁ぐ前夜に娘が吾と夕つ食《け》の料理の一品取り替へしこと

嫁ぎたる娘はじめてききやうせり父親のかほ置きどころなし

いつよりか心定まりし妻ならむ化粧《けは》ふことさへ少なくなりぬ

おはやうと朝一番のこゑに言へばさへづるごとし妻の応《こた》へは

六十年間戦死者ださざりき　憲法の九条ありてあやまたず来し

あはあはと時ゆかせつつ不条理に死は来るからに観る桜花《さくらばな》

桜花いま満開に咲きてをりそを天蓋として貧《ひん》の身を置く

若さを頼み攻め撃つことは無くなりて守備の弱さも冬日に曝す

外国の武力攻撃から国民の生命財産護るとて国民保護法等成立す

二〇〇四年戦地イラクへ入国せり　陸上自衛隊の偉なる一歩と

人質の顔をアルジャジーラは放映し日本軍隊に撤退せまる

世界の都市や列車・地下鉄・航空機など自爆・無差別殺人続く

自衛隊のイラク派遣に間をあけず邦人三人《みたり》惨殺をさる

殺害《ころ》されたるは自己責任と言ひしのち遺族しばらく顔面《おもて》をあげず

二〇〇四年五月二十三日大野誠夫歌碑除幕（茨城県河内町）

利根川の豊けき水を引き入れて根付きし緑の稲田広がる

歌碑の背後に古き沼あり浮草を胸に分けつつ水鳥の寄る

利根川のほとりを歩む吾もゐて夢かなひまた夢の中ゆく

常に師といただき来しに身まかりて二十年間たちまち過ぎき

利根川《とね》の辺《べ》の碑《ひ》のレリーフの迫真の師の顔ゆるびおおと笑へり

春の夜の花明りなす高みより「もういいよ」とふ師の声がする

触るるほど顔近付けて板を彫る鬼あり棟方志功は鬼だ

立春を過ぎ温かくなりし部屋に吾の笑へば妻も笑へり

妻子らと歓談の時うまごより遊びのなかの砲撃を受く

享年に足してはよはひを数ふるなり幺《をさな》き者の忌辰《きしん》幾たび

いく度か大道をまた裏道を選ばずに来てこの道を行く

上弦の月に冷えたる三猿《さんゑん》の碑の辻過ぎて一本の道

考へる前に行動するわが性《さが》に神様はずる賢さを入れ忘れたる

あなうらに畳の温みも伝はりく今日の気の熱三十九度二分

夏の日の簾のうへの梅干を日の匂ひごとひとついただく

部屋ぬちに忍び入り来し風の子を昼寝の足の裏に遊ばす

いちぢんの風吹くたびに蛙らの声たちあがりしばしして止む

土ぼこりの匂ひともなふ風過ぎてかみなり雨は降り始めたり

軍艦をかたどる石碑《いしぶみ》の三《み》つ四《よ》つが黒黒と照る海沿ひの苑

亡骸の戦艦「三笠」は遊園となりて老人子ども遊ばす

敵国の港を封鎖せむとせし写真の戦士の口元勇む

航空母艦の姿あらざれば軍港の周辺静まり街並寂る

外つ国の海兵隊員らにひさぎきて屈辱の名をとどむる通り

海上を衛《まも》る隊員らが週に一度は食べゐるといふカレーを食す

一人居のわが独りごと妻と居る時のそれより寂しくあらず

時により歌の素材のひとつともなりて微風のごとく家居す

出掛けぎはわが行く先を妻は問ふ行きて帰らぬ先にあらぬに

嫁ぎたる娘にただされしひとつこと妻は寂しと嬉しげに言ふ

晴天を見定めて来し草津の湯にひとりすぎこしをたぐり寄せるも

正午《ひる》までのひとときの間を縁側《えん》にゐて切りぼし大根と共に渇ける

午前六時霧の中よりあらはれて落葉を袋に詰め始めたり

不謹慎な物言ひながら美しとひそかに思ふ即死と聞きて

流暢に白《しら》を切りつつ微笑《ほほゑ》める淋しき人と口元に知る

一筆箋に三くだりほどをしたためて南に誘ふ便りが届く

腹ばひとなりて地面に抵抗《さか》らへる幼を剥がすごとく連れ去る

囲炉裏の火次第に萎《な》へしが小さき音に爆ぜつつ再び熾きあがりたり

美味し美《うま》しと言ひつつ熱き飯に乗す生きてとられし海胆の卵巣

職退けば時《と》間《き》御《ぎよ》しやすしと思ひゐしが重き錯誤の始まりなりし

失業保険受給終りて国民年金受給始まりしだいに夫婦

つどひ来し子らの話のはずみゐて話の外にありても嬉し

集ひ来し子らと麦酒わかち飲む分ちて寄り合ふ確かなるもの

前庭に風呂焚く炎燃えさかり火守りの少年「ターザン」を読む

夏——二〇〇五

元旦のにちりん拝み終へし身の一直線に水飲みくだす

積み重ね売られてゐたる定型の願ひの札のひとつあがなふ

婿どのと共に娘のつくりゐる雪の達磨のいびつをかしき

わが庭に雪降りきたり追憶に凍る部屋より出で来よといふ

紅梅のひとつほどけて埋み火の灰を除けたるほどに温もる

揺れ動く心模様を表情にみせて見飽かず吉永小百合

荒寥と見えゐし関東ローム層にひと雨ありて麦の色立つ

こぼれて余るほどにも笑みを湛へたる女性が役所の窓口に座す

傷つきつつなづな花咲く枝の道　男の甲斐性と言へる代物《しろもの》

赤城嶺を越えて魔性を帯びし雪爪尖らせてわが頬を突く

整へし庭の黒松に冬日差しわれはつくづく終章に入る

ぎんぎんの昨日へわれを連れ戻さむと赤城颪が北の戸を打つ

ドミノ倒しのつなぎに倒れたる骨牌の倒れし後のやうな役割

「非真面目に」は言葉の綾と思へども綾のやうに生きてもみたし

むく鳥の飛来ししきりについばめる庭の芝生のまだ冬の色

地の面に直に花咲くクロッカス頭を低くしてその花を愛づ

日常が歌の心に届かざる余寒のきさらぎ　啓蟄　やよひ

満開の園に朽ちゆく切り株の太きをさらす梅林の里

人の手の入らざる梅林谷へだてうすくれなゐに一山霞む

来るものを見するがごとく夕つ陽は燃えて静かに透き通りたる

苞葉《はうえふ》より溢れこぼるる未来見ゆ薄く紅刷く十五歳《じふご》の花蕾《くわらい》

生まれ出づる命の色に風うけて蕾に重き枝のさ揺らぐ

悪童の何かたくらむ瞳《ひとみ》もてつぼみたむろす堤の桜

寒暖の定まらざれば桜木は万朶《ばんだ》に蕾持《ぢ》して時待つ

目をひらく間も無く逝きたる嬰児《みどりご》の瞳を想ふ花の蕾に

尚早の観桜の会花ひとつ見つけたるこゑ伝播し止まず

辛きこと年どし続き友と来て仏に願ひ神にも祈る

左《さ》か右《う》かと迷へば左《ひだり》右《う》か左《さ》かと迷へば右《みぎ》を選ぶこととす

突然に置き去られたる荷を前に吾は決断を迫られてをり

水が水に嚙み付き乗り越え突き飛ばす渓の流れも尋常ならず

ラジオに聞く渋滞竹橋ジャンクションたび重なれば憧れの地に

飛び立ちしＪＡＬ待つＳＫＹ続くＡＮＡ待機場につらなりてをり

林道をこれは山独活　橅　桂　三つ葉躑躅と案内《あない》得て遊ぶ

対岸の柱状節理天を突き崩落あやふく石楠花咲かす

渓流を分けて洲をなすひとところ柳千本陽を争へり

仕合せと不仕合せの潮境《しほざかひ》見えねば雨の日にも連れ立つ

弱きわれがまたも頭をもたげ来て約束ひとつ反古にし籠《こも》る

言はねばわからぬ事と知りつつ言はずして夢の中にてこの夜も言ふ

運ばれて来たるまぐろのかぶと焼き亭主法螺《ほら》貝吹き数珠を鳴らせり

稚魚の身を磯に跳ね上げ逃げむとすいわしの群れの必死のすがた

妻も吾も五月は誕生月なればひとまとめにして子らに祝はる

五葉躑躅テレビ放映観て来しとふ人に遭ひたり行く道筋に

燃え立ちし五葉つつじのみどころの山とよもして春蟬の鳴く

ほどほどのほど探りつつ妻と観る梅雨の晴れ間の五葉のつつじ

蓮の花に極楽浄土の夢見むと早暁の園に妻をみちびく

蓮華《れんげ》咲く浄土巡れる橋ありて穢土《ゑど》に倦みたる老老男女

女子アナのこゑ澄みわたり中継の朝のテレビに蓮華を映す

職とする女子カメラマンら体力の限りに機器を担ぎつつ撮る

蓮池をバックにテレビ中継する気象予報士は穢土晴れと告ぐ

蓮の花の数に劣らぬ人ら来てデジカメ・ケータイ手に手に写す

汝も吾も「あの夏」とふウィルスに感染したる脳持ち合ふ

六十年の時間の中で変らざる鉈《なた》を抱《い》だけるやふなる思ひ

日《ひ》の本《もと》の夏の祭に火の弾の落ち来し夜空に火の花咲かす

太平を言ひふらし飛ぶつばくらめ眩《くら》むばかりの八月の空

夾竹桃炎の花と咲く夏に生き残りたるものは影ひく

風出でて騒立つ竹と竹林の防空壕の闇の深さと

夏雲の陰より機影のあらはるる恐れのきざす熊谷の夏

心に負ひし傷深ければなほさらに未だ語れる力無しとぞ

蜂に刺されたぐらいで狼狽《うろたへる》なそんなざまでは戦争に行けぬ

「戦争は悪だ」と詠みし柊二の歌静かにも読み叫びても読む

夏の庭を汗垂らしつつ今たれか過《よぎ》りしならむニハホコリ揺る

出穂水《でほみづ》を見回る吾の足濡らす畦を占めたるアメリカアゼナ

枯葉剤あびせやれども次次と地下組織より送り出され来

スベリヒユ鎌もて刈りし端くれが太き根を張る夏の砂地に

虫食ひの葉のひらひらのイヌガラシ砲筒型の莢の実の熟る

野にありて地雷のごとく静まれるアメリカセンダングサの棘《とげ》の実

秩父暴動なしし者らの末裔《すゑ》もをらむ祭といへどロケット飛ばす

導火線燃えて櫓を駆け上がり農民ロケットに火が点じたり

龍勢の口火の火薬爆ぜし音に千万の私語たちまちに止む

中天に達せし龍勢二の点火ありて唐傘ゆうらりと降る

涙たれ万歳をする成功の人らに寄りて吾もするなり

失敗し「日《ひ》の本《もと》流」の一団が音程低く酒盃をかかぐ

虹の橋《レインボーブリッジ》間近に見下ろす高層楼《たかどの》に住まふと子らは我ら誘ふ

お台場の台場の歴史いはれなど得意げに説き子は住人の顔

虹を渡り縁《えにし》結びし健一郎・比呂子の未来幸《さき》くあれかし

どんでん返しも無く終りたるテレビ劇《ドラマ》未来を言ひて現《うつつ》めきたる

シルバーシートがプライオリティーシートに変更され若者が座す

少年の未来の多さを信じゐる大人らの迂闊さを嘲笑《わらふ》ごと逝く

一の門に毘沙門天《びしやもん》・持国天《ぢこく》・二の門に阿吽の仁王まもりの堅し

妻沼聖天《しやうでんさま》・太田呑龍《どんりゆうさま》・佐野薬師《やくしさま》　気ままな信者気ままに参る

子供心に見上げて赤の恐ろしき阿吽の像の塗りも剝げたる

生活の近くにあれば聖天さまにつり銭持ちてついで参りす

壮麗な夕焼けを背に鎮《しづ》まれる本殿へ続く長き参道

名物の聖天寿司を知る人の列長長し後尾に並ぶ

左手の小指傷めり　人間に過不足のなき指の五本は

朝の水すくひて顔を洗ふとき手の大きさの実にほどよき

きき腕の右手の指に持ち上げしを待ちて受取るひだり手のひら

近道の花咲く辻に迷ひたりとどのつまりは遠回り道

皿の上にひと房の葡萄置かれゐて威風堂々母の風貌《かほ》をす

わが家には男居《を》らざればなりと聞ゆるやうに言ふ者がゐる

火——二〇〇六

母親に仕掛けられたるにらめつこ泣きじやくりつつ面相を変ふ

いくたびも手に転がして遊びたり起きて哀しき起上り小法師《こぼし》

家中に達磨巡らし幾年ぞ集めれば集めるほどに足りなくなりぬ

達磨の上に達磨達磨と積み上げて碧巌《へきがん》の師をあきなひとなす

大達磨買ひし男の顔ゆるび勝ち誇りたる牡《をす》とし帰る

「また来いな」義母《はは》の言葉の胸にあり埋み火のごと手をかざすなり

雪の日には雪の風情に書き起す文いただきし人のしのばる

街中《まちなか》の畑に老女《おうな》あらはれて一文字《ひともじ》一本抜きて戻れり

雪に咲く薄くれなゐのたをやかな西王母《せいわうぼ》のごとし加賀のうたびと

雪の園に案内《あない》を乞へばまずは一歩雪に踏み出す足より説けり

はだれ雪ひと葉ひと葉に貼りつきて一樹さながら昇りゆく竜

公園の太鼓の橋に雪国はむしろを敷きて人を渡らす

横なぐりの雪にも凜凜しき赤母衣の尾山神社の利家の像

青空を雲の咬みつくごとく来て雷鳴とどろきたちまちに雪

熊谷のかの大空襲にも被災せず生きて百歳の庭の樫の樹

首のあたり切り落とされし樫の樹は出征兵士見送りしとぞ

樫の樹のてつぺんに来てよもやまの話などする老いたる雀は

樫の樹の枝葉の繁みのいささかに宵はさびしき小鳥を宿す

カーテンを開ける朝見て昼に見て庭の樫の樹夕べにも見る

空洞は根元から梢におよびたる樫の樹生きて威風を保つ

二歳にもみたざる嬰児《えいじ》が父親に手を摑まれてバンザイをする

辻褄が合ふをすなはち正解とせしあやまちをまたも犯せり

農業に多く関りこし妻が指輪のサイズ笑ひつつ言ふ

サーカスに動物を撲つ長き鞭ある感情を見せてしなへり

乳幼児この世にをれど我が家には久しくをらず隣家《となり》もをらず

関東平野の縁《へり》のあたりに住む子らがわれらの生死さぐるがに来る

春を待たず思ひ出の中へ閉ぢこめられし一人《いちにん》ありて底冷えの街

夕食の最中《さなか》といふに無謀にも割り込みてきて死を置き去れり

満開の花の隧道《トンネル》を進みつつ振り返りみる人の歳月

上に立つ者の弛《ゆる》びし言動を末期とみつつ戒めて聴く

乗車前に買ふ缶入りのダイドーモーニングコーヒーホット

頼むたのむと頼るごとくに言ひながら己をまげず吾が前にゐる

憎しみは極まり命を賭《と》するほどに少年ひとりつひに行為す

人と居ても個《こ》はまた孤《こ》なり文明に暖められつつ肌乾きゆく

喧騒の五月を寺の境内の日陰に凛凛しく射干《しやが》の花咲く

矢印の向きで長くも短くも見ゆるも迷へり人の弱さに

いささかの考へ方の違ひありと知りしがつまりは子らに従ふ

此方《このかた》を立てれば彼方《あなた》の立ちやらず立たぬあなたに文《ふみ》をしたたむ

奮発し買ひたる帽子衝動にかられし時の心戻らず

娘らの家の庭木の剪定を頼まれ優しき父親となる

開拓をのがれし深山《みやま》の朝に鳴く鶯のこゑ顔あげて聴く

急峻の切通し越えわが胸のつはものどもと鎌倉に入る

建長寺大好物のけんちん汁知りたる由緒《いはれ》も具とし食《いただ》く

旅の雑誌に紹介されて乙女らの列なす店にせはしさも食ふ

鐘楼を過ぎて墓原　長身の文心院誠風吟道居士のたち来る

帆の白く人の思ほゆ海青くましして思ほゆ立ちつくしたり

桜樹の若葉より垂るる一本の糸あり糸の先に目のあり

本名にて寄り添ふ二人の墓石に誓ひ供へし一冊の歌誌

六十路にも余る幾年歩まむと吾あり吾らに歌誌あり強し

ありし日の夫を厳しく支へたる墓石の朱文字その名は「ひで子」

選ばれし者のみ許され逝くならむ即死とぞ言ふにはかな別れ

年甲斐も無くと言ふさへ憚れる年とも思ふにいがみ譲らず

花びらの一枚落ちて立てし音の聞ゆるほどのこころの隙間

天城嶺の青葉のすきに胸あつきおとこ模様の滝のあらはる

うひうひしく萌えて勢ふ木木の葉を荒荒しくも風なぶりゆく

山山は浅みどりまた深みどり赤みをおびたるみどり萌えたつ

若き日の未来老いての過去は財　さあれど今に勝る財無し

ここに続く一本の道はるばると今日あることはわが金字塔

祭壇にカラー写真の飾られて昨日の顔の微笑みてをり

夏休み前の浴衣は五割引き「更にレジにて二割引」とふ

盛夏やや過ぎしデパートに空気緩衝《エアークツシヨン》の機能付きたる歩行靴買ふ

じやんけんのあひこである間の一瞬にまた限りなき期待膨らむ

箸使ひ不器用なる息子が片手にて器用にあやつるケータイメール

老ながら葱穫り入れの泥の手にやをらケータイを繰り始めたり

通話専用簡単ケータイ持ち合はむやと妻の意向を伺ひてみる

顔なしをケータイ画面に呼びつけて蟹を一箱届けよと告ぐ

若者ら光ゆたかな秋の日にも歩きながらにケータイを繰る

電車内の誰もがケータイに執しをり意識の外に人を押しやり

二〇〇六年八月　丸木美術館「原爆の図」

人燃ゆる火の音聞ゆ死を振り払ふ人の声もす「原爆の図」に

髪は燃え爛れし皮膚を引きずりて女男《めを》の区別もあらず　人なる

命尽きし母の乳房にすがりつくみどり児存《あ》らば定年ならむ

木の枝に衣のやうに皮膚が垂れ枝垂れ柳のやうに手が垂る

死の上に死を重ねきて幾重にも血を塗り重ね地球老いたり

原爆に死にし人間の目の玉を鴉の群れのついばめる図絵

火の海のなかに死体となりし母ふところ深く幼児《をさなご》を抱く

観るわれに無言の声に問ふ　「原爆の図」の前を動けず

苦しみの中に死すありき　死の苦しみを背負ふ生ありき

民民《みんみん》とも死《し》い死《し》いとも鳴くにつぽんと日本人《につぽんじん》に八月の蟬

積極策が時折独断先行と裏を吹かるる池の蓮の葉

紅葉を観に来て遂にこの頃の地球環境の話におよぶ

高みより枝を離《さか》りし一葉《いちえふ》の音ともなはず幽玄に舞ふ

屋敷内に二棟三棟と建て増しし世代をわかち一族住まふ

投げあひの繰り返し続くパイにして吾の力には重くなりたり

庭の樹に飛び来し蝉はいましめて十年一日《じふねんいちじつ》とこゑたかく鳴く

おを付けて様まで付けてですと言ふ「疲れ」といふはまこと手強し

言《こと》の葉を覚えて一年生《うま》れて二年アイス・クリームが好きなどと言ふ

酒を酌み交はしつつゐて嫁と来たる息子との距離は我が手の長さ

踏み付けて気にも留めざりし雑草はニハホコリとぞ見れば花咲く

なるほど、怒るにも力要るなりほつたらかしておかうかこの世

もとめたる神籤《みくじ》を開きていねいに読み終へしのち信ぜずと言ふ

展望の場所にわれ居て聞え来るはダムの底よりわくごとき声

夜半におよぶ妻と娘との話し声聞き取れさうで眠気を覚ます

倒れたるままに声あげ泣きてゐる悔しさを知り初《そ》めし嬰児《みどりご》

電話して来たる娘のふれざりし思ひはかりて立ち居す妻は

池の底より金色の鯉浮かびきてめぐりの魚を闇の中にす

深谷《ふかだに》に添ふ道を来て驚きぬ巨大ループ橋ありて人見ず

瞑想し心静かに鐘の音《ね》を御恩と聞けば御恩と聞ゆ

よはき酒飲みて己をうしなひし場面を退職の後も忘れず

ととのひし駅前過ぎて路地裏の食堂といふ温もりに入る

除夜の鐘おちこちに鳴る年またぎこの頃貧しくなりし空想

温かき窓辺に遊びうつつともまぼろしともなき時に身を置く

この検索したる貴方におすすめとグーグル画面に商品ならぶ

新鮮な茄子などを摘み戻り来たる朝《あした》の妻の平らかな顔

学童の死をめぐりたる教師らの保身は明日の人を育てず

鮟鱇鍋材料一式明日来る予定の息子の名にて届けられたる

電車待つ酔漢はホームに降り来たる鳩に儀礼の言葉かけたり

取り立てて用なかりしが来てみれば留守なり俄に会ひたくなりぬ

むかしむかしあるところはお爺さんとお婆さんばかりの村でした

明——二〇〇七

野菊とも嫁が萩とも薺蒿《うはぎ》とも鄙《ひな》に貴《たふた》きむらさきの花

いぢめつ子もいぢめられつ子も日日《にちにち》に幾たび寄りて独楽《こま》闘はす

出来ることを出来る範囲で出来得れば良しとするなり年頭所感に

子が親を殺《あや》めし昨日　親が子を亡きものとせし今日の報道

ひそやかに心の腫瘍ふとらせて校庭に身を投げ落したる

先生が生徒を憎みてどうするかこらへ性なき頑張りがある

ターザンが強き英雄たりし日の明明《あかあか》とありしいっぽんの道

朝焼けを浴びても黒き鳥いく羽鳴きつつ今を生き生きと発《た》つ

訪ひきたる嫁と娘がキッチンに談笑しながら夕餉料《れう》れる

世の薬にもしならずんばせめてせめて毒としなさむ一行の歌

取り立てて記《き》すべきほどのこともなき日のあることも喜びとなす

勢ひにて吾にひとりの理解者のあれば足れりと言ひて寂しき

思ひ出を浄化するとふに充分な時を経にしといへども濁る

四顧すれば子ら遊ぶなく日本の茫ばうとして明日《あした》が見えず

四十年間ひとたびたりとも遅刊なき安定がさも普通のごとく

誌作りの足掻きを見せず池の面《も》を美しく行け吾の白鳥

月刊誌なれば編集に四ヶ月分を仕掛りながら月月早し

田下駄履き代田《しろた》行くとき足指に鼻緒摑みてヨッと引きあぐ

背後に山脇に川あり前に海　登呂村十二軒人口不明

稲作りおぼえ栄えし登呂一村《いっそん》大洪水に滅びたるとぞ

縁日に薫《た》きたる香《かう》のにほふ手に握り試めして花鋏買ふ

安心に近づきゆかむひとときも不安の中の時ながながし

沈黙の機械に寄りて黙しつつ乾きし者ら飲みものを買ふ

垂るる枝に花かうかうと咲き盛り水面に映えて水を暗くす

別れとは再びの会ひを待つ行為去る人に振る右の手あげて

あでやかな昼間なりしがしめやかに万朶のさくら夜に散るなり

親の仇を討つごとき眼に花を摘《つ》む刃物かざして野を行く妻は

薔薇の首を刃物に裁ちて花弁をバラバラに乾し楽しきらしも

花を割り子房無惨にも削ぎ落し平らかにして押し花造る

情念の枯れ果つるまで時かけて乾《ほ》し艶やかな花の色待つ

慎重に息殺しつつ一枚の花弁をつまむピンセットもて

押し花のとりどりの色かき集め妻の仮想百花園画成る

をちこちの谷地《やち》にときをり光顕《た》ち見つけし者は声あげて指《さ》す

草叢を出で来し螢はかざす手をすり抜けてまた草むらに消ゆ

ほつほつとほたる　夏虫　草の虫　をさな心を追ひかけてをり

人にこゑ花にいろどり螢には光をあたへし神の趣向《おもむき》

草かげを出でし光のひとつあり水の鏡に映りてふたつ

向かつ岸に螢飛びかひ声あげて呼べどもどらぬ過ぎし歳月

長谷寺の逍遙の路より一望す万の花毬千の群れ人

名声の寺にも勝る寺あると紫陽花の寺幾つを巡る

人きらふ日陰にありて皓皓と万灯ともし紫陽花は咲く

一歩一歩足引き上げて上り行く寺の裏山の紫陽花の径

花毬を愛でつつ涙拭きてをり生きてそれぞれ思ひ出を負ふ

幾そたび後れを取りて来しものを日陰の紫陽花いま花ざかり

ほおと鳴きほーほほと鳴きひようと鳴く四方の鶯それぞれの声

新緑の六国見山《ろくこくけんざん》なめらかな鶯のこゑ四方《よも》より聞ゆ

人の世の穏やかならず我に添ふ力を頼み礼《ゐや》と拍《はく》をす

簡略化のここにも進む荼毘にふす前に告別初七日の式

背を伸ばし手を延べ幼子懸命に祖父に焼香たむけむとせり

葬送の終りし夜更け思ひ出の津波押し寄せ呑み込まれをり

神杉の粗きはだへに手触れつつとみに険しき山の道行く

奥の院へ登るいしきだ果てしなく騒ぎやまざり老若のこゑ

天空の絶壁に建つ五大堂より身を乗り出して穢土《ゑど》のぞき見る

屋形船のすだれ巻き上げ見よと言ふ若葉縫ひさす白糸の滝

新緑を二分けにせる最上川ゆるき流れを船にくだりぬ

義経が上り芭蕉が下りたる最上の川も汚れ泡立つ

この夏の最高気温予測して当たれば熱い品を賞とぞ

西田屋の小粒の飴の唐辛子じわじわときて口中涼し

四十・九度は日本史上最高と聞けどさはがず熊谷人は

じりじりと陽は容赦なくじとじとと汗まとひつく熊谷の夏

暑ければ上着持ち行く冷房の痛き不意打ちに遭ひし幾たび

日本一暑き熊谷のキャッチコピーその名もズバリ「あついぞ！熊谷」

昔話に語るほかなし我らとて戦争を仕掛けて負けしことなど

体験の少なき我らも語り継ぐ　戦争の何　戦争の何故

戦争の体験のなき人達のひとりつ子のその子もひとり

戦死せし父の遺影に並べ置く生きて戦ひし母の遺影を

戦死せし父の大義のおほきみの城へ続ける玉砂利のみち

真空管ラジオに祖母の聞きてゐし涙ながらの落語　浪曲

頼るものあるゆゑ頼る節《ふし》もある例へば譜面　妻　睡眠薬

切り分けて皿に置かれし冷奴覚悟決めたる男のごとし

人間の文化文明ついばみて都市公園の鳩も身を病む

スクランブル交差点を渡るとき規制解かれし不快感あり

山山に研がれし水は里に出て流れ緩やかにクレソンを生む

赫赫となななかまどの実叢がりて素枯れし山の寂しさを増す

みちのくの山峡《やまかひ》の村軒下に大根の色や柿の色吊る

金色堂弥勒菩薩の半眼の目見に焼かれて立ちつくしたり

仏国土《ぶつこくど》耀《て》らす「不滅の法灯」のうやうやしくもかすかなる光

いにしへの人のいだきし夢の跡うつつ世の人に連なりて観る

北上山地広がり延びし果てなれば断崖千丈にして大洋を断つ

荒海の浜辺を波の引くときのさざれの石のこもごもの音

潮風のおだやかならずことごとく肌磨かれて美《は》しき赤松

三陸の海を見よとぞ鉄橋の真中にしばし電車をとどむ

地底湖に注ぐ水音こだまして塵俗人《ぢんぞくびと》の声をかき消す

静かさを贅沢として聴きてをり水反響《みづこだま》なすこの龍泉洞《りゅうせんどう》

熱したる鉄瓶に塗る黒漆ささらに触るればぼうと煙れる

崖の上のややの平《たひら》に放たれし黒き牛らはもくもくと喰む

失ふことの少なくなりし日常が得ることをまた少なくもせり

ひと目にて身重と知れるをみな子が喪服の女とすれちがひたる

病むほどに頑張らなくてもよきものを頑張らなくてはをられぬ病

やまと芋農民《つくり》が逝きて家の者ら成りて長《た》けたるを掘ることもなし

キリトスの生誕をもとに決められし暦に異教徒の吾もしたがふ

買はぬかとふしつこき電話を断《ことわ》りて切りたる後も愉快にあらず

生——二〇〇八

この家のほかに楽園もとめざる　妻の言葉を惻惻《そくそく》と聞く

妻一歩引くゆゑに吾も一歩引く四十年《よそとせ》の間にやうやく習ふ

七転び八起きの達磨居間にあり新年ことほぐ言葉をかはす

不安言ふ娘に妻が産むことを経てきし自信のぞかせて立つ

臨月の娘のをらば元旦の神事もろもろを二の次となす

重大を待てるすがたに自らを制して妻はその時を待つ

半老人の気息にかなふ文芸と三十一文字の尾を摑みたり

鄙《ひな》の地といへども団地の造られて新しき道行き止りなる

言ひ伝へに川の魚の甘露煮を出産終へたる娘に食はす

生まれたるひとつの命は一挙手に一投足に視線を集む

黒く耀く目を動かしてみどり児が声に向きしを吾は喜ぶ

泣く笑ふ眠るみどり児　誰かれのどこ似るなどと話花咲く

日にいくたび飲みて眠りて排泄すこの単純にみどり児育つ

必死とはこの様ならむみどり児の泣き叫びをりなす術知らず

テーブルの隣る二辺の妻と吾顔を背けず且つ真向かはず

塵芥《ごみ》の分別覚えることも野菜炒め習へることも因異《こと》にせず

ありがたうの言ひ方めぐりおこられて妻との日常時時くもり

吾と諍《あらそ》ひ実家の近くの石の橋渡らむとして引き返したりと

これの世に絶えたるごとき鼻歌をうたへる妻さへ今日は新鮮

夫婦とは言へども緩やかな同居人ほどに互《かたみ》に立ち入らぬなり

母は児に小石を口に押しあてて一生《ひとよ》の食のゆたかにあれと

上向きにゐ寝るみどり児すでにして両手に空を摑む所作をす

お食ひ初めにと妻が炊きたる赤飯を寄りたる者ら食ひ尽したり

覚え置くを強ひらるるほどにはあらざれど三月八日は結婚記念日

右へ行く妻をゆるせり左へ行く吾もゆるさるそれだけのこと

着飾りてお出かけの妻を見送れるほどの心のゆとりあるなり

送別の花束を両の手に受けて未完のおもひややにわき起つ

朋友と白黒の石打ち合ひてそのいくつかを死にいたらしむ

平凡に人は生きつつ錯誤なす職に得たるを個のものとして

二人連れが玄関に来て水槽のヒメダカ愛でつつ布教を言はず

をさな子を荷の番人として離《さか》りたる若き母親つひにもどらず

十歳づつ括られてゐるアンケート「六十五歳以上」ひと括り

きりぎしに挑める波の砕け散り砕け散りつつ億年の時

温泉の湯舟の縁に頭《づ》を乗せてさも極楽を知れるごと言ふ

来る人も目とづるほどの春一番関東ローム層を巻き上げて吹く

生命をとぢこめ尊き鶏卵が今日特売の目玉商品

竹林に沿ひて軟らな道の辺の落ちし椿の安息《やすらぎ》のこゑ

落ち椿踏みたる足に感覚の残りしままに宵の道行く

幾たびの死の病にもながらへてわが人生の今ロスタイム

命にも賞味期限あり　わがやまひ再発あらば三年以内

電話にて娘が妻に聞かせゐる言葉にならぬ孫の声ごゑ

病院に名が呼ばれたりこれの世に迷へる者を名指しせるごと

机のわきに置きたる籠に満ち満てるわが日常の残滓のかさ

覚悟して始めなければ始まらざり熊谷短歌会この地に興《おこ》す

吾の笑ひに応へて笑ふが孫なればこの上もなき喜びとなる

遠く住む孫見たしとふ妻のため拒みゐたりしケータイを購ふ

有楽町線途中下車して月島もんじゃ「おかめ本店」に妻を誘ふ

鳴き砂の鳴かざる砂を踏み渡り国道に出でて帰り来しなり

蒼翠《さうすい》の森のぶらんこ満月より吊り下げられて風が乗りゐる

長命をことほぐ言葉と思ひしが「長寿」と言ひて国はしひたぐ

年の頃は九十歳《きうじふ》がらみ近づける山車の囃子に立ち上りたり

行き交へる山車ながめつつ店先におのもおのもに小宴《せうえん》をもつ

飲みて酔ひ酔へばまた飲む夏祭酔ひをおびたる言の葉の舞ふ

きそひ合ふ囃子方《おはやし》の汗天空に星のかけらとなりて飛び散る

父の着る半纏「祭」の赤き文字に顔を埋めてをさなご眠る

頭領《かしら》の遺詠山車に飾れる仲町の今年のお囃子魂をうつ

権現上小間口横四寸竪八分と分湯《ぶんたう》の量を標せる石段の街

線細き雨情直筆の「赤い靴」二番の歌詞をいくたびも替ふ

虻が来て蜂も飛び来て夏ま昼露天の風呂のにごり湯を舐む

灯の下に恥ずかしげもなく仮寝せる妻の疲れをわれは見守る

崩れたる石段の路次に光射《かげ》して居酒屋ジュンコいまだ眠れり

閉ざされしは湯の街外れの射的屋《しやてき》と薄れし看板の文字《もんじ》に判ず

はにほへと言葉を知らぬみどり児が母の会話に聞き耳を立つ

口元の笑ひたるよとみどり児はかはるがはるに覗き見らるる

首が座りたるとの知らせみどり児のひとつの過程さへも喜び

寝返りを打たむと必死のみどり児のその身すべからく力《ちから》みなぎる

テーブルに手をつき初めて立ちたると嬰児写ししケータイメール

妻に言はれ娘ら使ふ呼称にて吾はにはかに歳を取らさる

ただいまといまだ帰らざる者ありて吾が家の門扉設けずにをく

遺児である事を背に負ふ荷となして意地を支へにひたすらに生く

につぽんの八月に多く語り継ぐ夾竹桃の物語あり

三十年掛かりし歌集の三部作完結せりと供ふ盆だな

額縁の硝子の奥に見張りゐる福耳を持つ三十歳《みそぢ》のをとこ

父親を殺してでも征かさなければよかつたと思ふことあり

幾たりも同じ手口にて狙はるる「お年寄り」とふひとつ階層

ハシブトガラス柿の太枝に飛来して嘴《はし》に着きたる羽毛を落す

失望と言ひ切るほどにはあらねども腰を下ろしし椅子より立てず

日本の和歌のここにて改まる　夏の子規庵風透きとほる

六畳に手の肘ついて横たはり棚よりさがる糸瓜をながむ

芋坂の万灯籠にともる灯を観つつ餡付《あんつき》団子二本いただく

木漏れ日のいくすぢ降れる谷川の緑の水を手に掬ひたり

渓流に糸を垂れつつやはらかき清澄《せいちょう》な気を五官もて聴く

連れ立ちて入り来し林の枝に吊るふらここ少し離れて二台

耳に聴きゐし夏もいつしか過ぎゆきて目に視る秋の白き静寂

宿の畑に今朝採りしとふ大根《おほね》など野菜スティック二指もて囓る

リゾートに泊まれる嬰児は今日までの三日間を泣かざりといふ

老老介護もはや七年疲れしと刺して惨たり「相老《あひお》い」の果て
生の側に踏みとどまりて美しき「必死」の彼を見守らむとす
争ひて奪ひたる「首座」も束の間に事が露見し首の座となる

投手一人捕手一人ゐて七人のその他の選手はまとめられ「野手」

それぞれに皆目《みな》を持ちてゐながらに「皆目不可解」とは不可解にして

「忘れたい」のいが無くなればどれほどか明日といふ日は楽であるべし

秋空の蒼き雫を身に浴びて三頭の象は耳に喜ぶ

動物らの楽園の檻の中にゐて飼育係が殺められたり

悠然と昼寝むさぼるライオンにひと言ひて子供らは去る

檻の前に騒だつ子らに先生の物語る「象のいない動物園」

住み処《か》さへ食さへ厚くもてなして毛物ら生かす拉致動物園

につぽんに孤独の首を突つ立ててキリンは遠き空を見てゐる

嬰児《みどりご》は見開きながらぱふぱふと胞子のごとき煙を吐けり

みどり児のサイドボードに摑まりて飛翔習へるごとく爪立つ

母の押す釦を押せば音の出る仕組みを知りていくたびも押す

嬰児の泣きやみし後わが顔をまじまじと見て泣き出だしたり

みどり児の荒き摑みに鳴きながら離るるでもなく老いし家猫

またひとつ機能を得たるみどり児へ手を貸す老の残る機能に

案外に私が先に逝くかもね検診の朝妻が言ひたる

百八の煩悩いだく身に並びたつたひとつの除夜の鐘撞く

再会の約束もなき別れにてこれが最後のさよならを言ふ

ダンボール二つに折りては積み重ね縄もて結はへる妻の男手

行かむとすわが道細く立ちこむる闇深ければ目を凝らし視る

ひとひらの雲さへもなき冬の空果たせざる夢あるゆゑに生く

あとがき

この歌集は『こまひの竹』に続く私の第八歌集である。二〇〇四年から〇八年、年齢的には六十三歳から六十七歳迄の作品の中から四七二首を自選した。

この間、娘と息子が相次いで結婚した。同時に〇六年作風社代表に、〇七年埼玉県文化団体連合会理事・文学部長、〇八年熊谷短歌会結成・会長、埼玉県歌人会副会長にと、〇五年に会社を離れるのを待たれていたかのように役職が追いかけて来た。

世相は、〇三年に始まったイラク戦争の後方支援という名目で「イラク特別措置法」が制定され、〇四年一月から数次にわたり陸上自衛隊が創設以来初めて戦闘地域に派遣され、日本人が拉致・殺害される事件などがあった。

また、義母を始めとして不思議なほど多くの人達との今生の別れが集中した。不条理な死とも遭遇した。そして、当時、胃癌や喉頭癌を患い、消化器や呼吸器疾患と友達付き合いをしていた私も「命」が限りのあるものである事を改めて痛感させられた。

限りある「命」の最善の使い方を探し続ける旅が「人生」であり、私にとっての「短歌」は、その「心の記録」である。

本集も「一首独立の詩型である短歌に題名を必要としない」という大野誠夫の考えを踏襲した。その上で、頁を捲るたびに、その時時の心の風景が展開するように構成した。

金子貞雄

金子 貞雄（かねこ さだお）

一九四一年　埼玉県熊谷市生れ。六四年大野誠夫に師事し作風社入社。

現在：作風社代表・現代歌人協会会員・日本歌人クラブ南関東ブロック委員・（一社）埼玉県文化団体連合会理事副会長・埼玉県歌人会会長・埼玉文芸家集団会員・熊谷市文化連合常任理事文教部長・熊谷短歌会会長

賞：埼玉県歌人会「新人賞」(82)・作風社「薔薇祭賞」(85)・埼玉県「埼玉文芸賞」(93)・埼玉県歌人会「歌人会賞」(08)・日本歌人クラブ「南関東ブロック優良歌集賞」(08)・（一社）埼玉県文化団体連合会文化選奨(08)・埼玉県文化ともしび賞(13)・埼玉県教育功労者表彰(14)

著書：合同歌集『七つの浪曼的情景』(77)・歌集『孀娥の森』(81)・『天にほのかな花あかり』(90)・『邑城の歌が聞こえる』(92)・『日乗』(95)・『熱鬧の街』(07)・『聲明の森』(10)・『金子貞雄歌集』(12)・『こまひの竹』(12)・文庫『孀娥の森』(14)

現代短歌ホメロス叢書
作風叢書　第一五〇篇
歌集『はにほへと』

平成二十八年七月十日　第一刷発行

著　者　金子　貞雄
発行者　飯塚　行男
発行所　株式会社　飯塚書店
http://izbooks.co.jp
〒一一二-〇〇〇二
東京都文京区小石川五-十六-四
☎　〇三（三八一五）三八〇五
FAX　〇三（三八一五）三八一〇

印刷・製本　株式会社　恵友社

ISBN978-4-7522-1207-2